U0148362

雨与语

YU YU YU

麦豆 著

爱是一场穿越雨水的旅行
是一场回忆，与另一个梦中人一起

内蒙古人民出版社

图书在版编目（CIP）数据

雨与语/麦豆著. —呼和浩特：内蒙古人民出版社，
2023.9（2023.11 重印）

ISBN 978-7-204-17680-9

Ⅰ.①雨… Ⅱ.①麦… Ⅲ.①诗集-中国-当代

Ⅳ.①I227

中国国家版本馆 CIP 数据核字（2023）第 130250 号

· 欣赏诗电影
· 写下读诗感悟
· 参与朗诵大会
· 一起品诗写诗

"美丽中国"书系品牌主理人：杨碧薇

雨与语

作　　者　麦　豆
策划编辑　王　静　董丽娟
责任编辑　董丽娟
封面设计　格恩陶丽
出版发行　内蒙古人民出版社
地　　址　呼和浩特市新城区中山东路 8 号波士名人国际 B 座 5 层
网　　址　http://www.impph.cn
印　　刷　内蒙古爱信达教育印务有限责任公司
开　　本　889mm×1194mm　1/32
印　　张　7.625
字　　数　291 千
版　　次　2023 年 9 月第 1 版
印　　次　2023 年 11 月第 2 次印刷
书　　号　ISBN 978-7-204-17680-9
定　　价　24.00 元

如出现印装质量问题，请与我社联系。
联系电话：（0471）3946120

目录

诗的真，由词与物（事）的距离决定。词与物（事）的距离，由远到近依次是"知""看""做"。这是一个大概的划分。拿"知"来说，它还可以细分为血缘伦理、科学知识、历史精神等。本文不做详细划分。

如果作者与文本的距离是"知"（这个"知"是一个独立于作者的外在对象），则该"知"容易被视为文本写作的主题、标准和边界。也就是说，作者仅仅是作为"一只手"在写诗，诗歌容易出现主观判断句，因为作者要将自己的观点与"知"进行链接，使得自己的观点符合这个"知"。作者创作文本，其实是在做"统一"工作，即"我的认知"如何符合已有的"共知"。这样的诗歌写作，说白了，就是举例子，写（勾画）一件事、一个人，然后套一个已有的"知"为结论（中心思想或文本意义）。这样的诗歌文本看似无懈可击，放之四海皆准，但其实只是作者一厢情愿的幻想。因为这个已有的"知"，在作者看来虽然是一个常识，但是在置身于另一块土地、另一个文化背景中的人看来，这个"知"并不具有共相属性——距离遥远的人可能不会认可这个"知"。这便是由于词与物（事）的距离太远造成的。作者从本质上并不清楚"知"的具体内容，"知"只是一个抽象的形式。这样的写作，就是作者利用头脑里已有的认知（观点）捕捉若干具体事例，作为例证和补充。作为创作主体，作者对这个"知"本身并不做探讨，只是习惯性地将这样的"知"作为某种标准、准则，有一种自自然然、不加思考的"拿来"倾向，机械性很强，整个写作过程，人的主观能动性很弱。

如果作者与文本的距离是"看"，情形会发生很大改观，即写作不再是直接拿来某一种"知"，而是脑海里已有一种"知"。通过"看"进行描写陈述，而不是像前一种通过"想"进行判断叙述——作者坐在房间里想一想，就认为"事情就是这样的"。在这种距离里，作者通过"看"，设身处地地体会了"知"的过程与细节，进而看到了"知"的真相；然后，就很有把握地写出了自己的认知。至此，主观的"看"符合了客观的"知"。虽然该认知用语言表达出来还是先前的"共知"，但文本的确定性与真实性因作者近距离地见到了"知"的产生过程而大为增强，即诗歌的现场感增强了许多，因为在第一种"想"的状态下，可能会因为举的例子不符合"知"的形式（定义）而偏题、跑题或者不恰当，从而显得很不真实（虚假），使得诗歌沦为一个空洞的口号。但在第二种"看"的状态下，通过作者具体的看、现场的看，物（事）与词相贴合的精确性毋庸置疑会很高。但这种"看"从写作者角度出发，仍然是不够的，毕竟这种主观的"看"不是亲身体验，仍着重于写作者看到的某件事或某个物，物（事）与词的关系问题仍是一个外在对象与外在标准是否相符合的问题，写作者只是说出了这个客观事实。但是这种主观判断，强行地将外在于作者的形式（知）赋予内容（看）并使之相统一的做法是否合理，是否百分百符合真理的标准呢？说实在的，作者心里也没有底，无法百分百地确定，词与物、概念与事件仍然只是"似乎是吻合的"，且仍有独断论的嫌疑。但毕竟这"看"已经有了一双眼睛，不仅仅是凭脑袋想，实事求是的程度较单纯的"知"已经大为提高，即面对客观（约定俗成）的"知"，不再只是往里面机械地填充各种材料——这样的诗歌只有"公共的观点"，只有词，而没有物（事）。在"看"的距离里，作为主体的写作者，在"客观的知"的对面立起一个"主观的看"，是让"唯一的看"与"知"相符合，而不是让"随便的想"与"知"相符合。这在形式上已经符合"真理的唯一性"。这样创作出来的文本，相对于第一种"知"的情形而言，不仅有了"知（词）"，而且有了"物（事）"。

如果作者与文本的距离是"做"，那物（事）的面孔会更加清晰，即诗歌有细节，意象也特别清晰，因为作者参与了"知"的构建。这时，"知"就不仅是外来的"某个观点"或"一个僵死的形式标准"，作者获得（赋予）了该"知"鲜活的体验——在"做"的过程中，产生了"新知"——仍然是用相同的词语来表达，但是该词语的意思已经发生了改变，即词语的意义被进一步丰富了。这就是词语的本质——具体的词语必须放在上下文中加以理解——一个词并非永远只表示某种约定俗成的含义——词语意义的扩展过程即是诗歌产生的过程，也即诗的诞生。这个"做"的生命体验与第二种"看"的情况不同。"看"是看别人，"做"是自己做。在这种"做"的距离内，诗歌文本现场感更强，词语更真实，主观就是客观，物（事）就是词。这时的诗歌文本可以用四个字加以概括：所言即是。举一个大家经常举的例子：同样一句话，从一位老者嘴里说出与从一位未经世事的少年嘴里说出是不同的，特别是在语气、节奏、情感真诚度方面是完全不同的。老者生活体验丰富，他说的是事物本身；而少年说的只是一个空洞的词语。这少年大概就处于第一种"知"的状态。可见，在"做"的距离里，文本的确定性、真实性较"看"又增强了许多，甚至可能到达写作的最佳状态——所言皆是真知。实践将"知"提升为了"真知"。但作为诗人，可能更关心如何才能做到这一步，写出具有"真知"的诗歌，这便是我这本诗集想讲的内容和所做的工作。这个序言想体现的是：作为诗人的读者，应该以一种真的态度来对待诗歌。真，不仅仅是主观符合客观；更强调主观的客观性——是"客观地做"而不是"主观地想"，客观的主观性——不是外在的拿来的标准（共知），而是经过自己体验、检验的真知。

这里对"所言即是"略加阐述。"所言即是"本质上就是词与物（事）的统一，这里的"词"与"物（事）"不是两个不同的东西，而是词就是物（事）——诗歌就是一个事物；这里的诗，并非逾越了实在之物的幻想之物——纯主观的事物，而是语言本身。语言出自何处？语言无处不在，它来自无处不在的主体。只不过主体对人而言，需要认识，需要人从自我反思中获得。也因此，事物并不是中介，事物并未被语言所逾越；事物是"道路"的一部分，这一部分不能被看成一个环节，而应被看成不可或缺的中心。

我认为，纯粹的主观就是纯粹的客观。世界上本没有一个东西（文本），你把它创造（写）出来了，这就是纯粹的主观行为、主观事物，但该行为、事物一旦被他人看见，就成了一种客观行为、一个客观事物。该主观行为、主观事物越是没有其他与之雷同或相似的东西，则其原创性越强，就越像一种新的客观行为、一个新的客观事物。正是从这一个视角看过去，艺术品（诗歌）不仅仅是一种（人的）创造，几乎是一种（神的）创生。

最后，我要为下一篇文章开一个头：在"做"的层面谈论诗歌写作，诗人就不仅是"作为诗人的读者"了，而是一位真正的诗人，"读者"就是"诗人"了。"读者"已经进场，进入事件当中，他便也是一位创作者了。我认为，从严格意义上说，创作是更高级别的欣赏，或者说真正的欣赏也是一种创作。当然，从"作为读者的诗人"的视角去阐述本文所谈论的"知""看""做"，更强调"知"和"看"，诗写则更强调传统与传承——本质上更偏于复制。真正的诗歌（人文科学）——阅读或创作，不仅是为了让一个人成为人，更是为了让所有人成为人，让所有人都能够获得自己的主观能动性，让人成长为一个具有反思精神的主体。

第一辑 感谢语言的引导

GANXIEYUYANDEYINDAO

雨中（一）

雨中卖煎饼而
没有伞的女人
是孩子的妈妈
细雨渐飘渐大
她将车推到树叶浓密的树下

雨中将泥土用铁锨
铲进手推车负重的
男人，间或用食指与中指
夹着一根香烟，抽上几口

这些都是雨中
极普通的生活

我并不认识他们
但我需要理解他们
作为一种生成着的善
真正的诗由他们书写

楼上的女人

白天，她将滴水的衣服
晾在六楼晾衣架上，而五楼
正在晾晒我们的棉被

夜晚，租住五楼生气的我们
看见月亮仍在晒她的棉被
突然又一阵忧伤——

她是谁？她将滴水的衣服
和棉被晾在室外晾衣架上
却不关心天上的太阳和月亮

午间的劳动者

雾，从林间

向我们飘来

工人，正在将

枯叶和枯枝

加工成粉末

还给松树

根部的泥土

空气中弥漫着

他们劳动的

一股松香味

剪

剪掉它的老枝
春天就要来了

剪掉它去年
长出来的新枝

紫色的香樟果

紫色的香樟果

铺满地面

散步途中

我们踩破它们

发出"啵""啵"的炸裂声

声音很小

但仔细听

仍能听见

午后散步

我们踩着这种果子

朝前走

小小的

碎裂声

响在沉默的四月

它们有什么用呢

为什么多如雨点

我不能回答自己

内心的声音

就是一些没有用的果子

候鸟吞下它

费力

吞下它，拉出

墨汁颜色的屎

滴在路边白色的栏杆上

一种很难消化的果子

我们踩着它们

将它们踩碎

踩出"啵""啵"声

也不觉得自己有罪

掏泔水的工人在劳动

进门前

我们

衣着光鲜

瞥了一眼

大门口

正在抽吸

泔水的

赤膊工人

夸张的

女同事

捂着鼻子

跑过，

劳动现场

真臭，她

脱口而出

她浇花，但并不快乐

她可能是我

我这样说她

她正倒在大厅的

沙发上睡午觉

她衰老，丑陋

但仍为我们浇花

从一间办公室

转至另一间

这是她的工作

她已习惯我们

对她不理不睬

我们都在做重要的事

我们对自己

不理她的行为

也已习惯，习惯

她像一个无声的影子

从我们身边走过

孩子，她有时

用母亲的口吻

请我将橱顶的绿萝

搬下来

让她浇水

浇完水后，她会

顺手摘掉

一些枯黄的叶子

她准会

说声谢谢

就像自言自语

没人理她

我也不理她

办公室里静悄悄

我们的手头

总有干不完的活

雪化了不是水

雪化了
就像木材燃尽

青草上
留下一小撮
黑色的灰

正午的敲击声

敲击声自东面

雾里传来

敲击声从高处

沿着一条直线

抵达我的耳朵

敲击声传来

有人在雾里

正拿着铁锤

敲击一块钢模

高处有一个

与我一样的人

正在劳作

一只空箱子

空空的声音传来

空空的

箱子

有人在用锤子

在敲它

箱子太大

挡住了

我的视线

绕到

箱子后面

依旧

空空的

没有人

蹲在那里

只是一个空

箱子在

一把铁

锤下

空空地

响着

巨大的阴影

飞鸟从窗口走过，
巨大的阴影
掠过我们
吃饭的餐桌，
令我心头一惊，
随即我便意识到，
我们住在六楼
窗口走过的
不可能是一个人类
我们住在六楼
巨大的阴影
只能来自一只飞鸟。

闻到梅花香

有花香，但无花。
花在某处盛开。
我看不见它。

我日夜在房子里
工作，无缘无故。
梅花在某处盛开。

雨中（二）

走在雨中，有那么一刻
觉得自己在燃烧

觉得雨水
想将我浇灭

给妈妈打个电话

给妈妈打个电话

周日，晚上

我曾这样

想过一次

今天，星期一

步行上班

途中下着细雨

我又这样想

此刻，走在风中

风吹着我的脸

我再一次

这样想

晚上回家

给妈妈打个电话

近来，一个人

走在路上

总会想到自己

已经四十岁了

总会想到妈妈

想打个电话给她

路边的小白花又开了

那些青绿丛间

小白花

又开了

开在去年的老地方

开在去年

一样细的

枝条上

依然那么小

依然

没有自己的名字

我们生活的街道

跟着一台洒水车

我们走得很慢

洒水车，正将

落叶，清扫

我们跟着它

走在一条干净的马路上

散步途中

需要这样一个时刻

跟着洒水车

缓缓向前

走过我们生活的街道

在河西金陵中学旁，遇见一个弹吉他的人

一个退休的很老的外国男人

短发，褐色

蓝眼睛

抱着一把像马一样的吉他

抱在怀里

坐在河边

油漆斑驳的木椅子

一端弹奏

轻轻哼着

一首陌生的歌

发现我之后

他缓缓转过身去，但仍旧轻声和着

他的吉他，低声吟唱

他是学校的一位教师

是一个西方人

我曾不止一次见过他

只是不知他的家乡在地球的哪一处

他抱着他的吉他

马一样高大的吉他

像抱着他的孩子

一边拨动琴弦

弹奏

一边低声

吟唱

写到这里，我觉得他

与我无异，写诗

弹奏，在异乡害羞地吟唱，我们没有区别

那只鸟始终在某处鸣叫

那是一只站在夜晚的窗外

树枝上鸣叫的鸟

它几乎不需要

换气

就能一直鸣叫

那是一只站在窗外鸣叫的鸟

孤单的一只,

只有它

在深夜鸣叫

原因不明。

那是一只善于鸣叫的鸟

会变换好几种

不同的腔调

模仿它的数个同伴

交替着

鸣叫,鸣叫声

始终让我想着它的一,那个夜晚

我躺在冬天的被窝里

闭着眼睛

仿佛潜伏在自己体内某处

静静听着它

那一阵子，我瞒着妻子买了股票

我的生活

一心二用

总让我

在深夜里无端醒来

醒来后，静静看着

身旁的妻子，她的呼吸一会儿

混浊，一会儿

几近无声。她什么都不知道

但我知道她迟早什么都会知道

她会声嘶力竭

跟我吵

甚至闹离婚

我静静躺着

那只鸟，我一会儿听见它在鸣叫

一会儿，又听不见

断断续续

它的鸣叫声消失时

肯定是我困了

撑不住了

睡着了

一会儿

后来，天渐渐变亮，那只鸟的鸣叫声

才渐渐被楼下的汽车发动机声

早起锻炼人的问候声

和厨房里传出的嘈杂声

淹没

一个人

到底要过一种什么样的生活呢

当我坐在白天

密闭混乱的办公室里

细听

内心的那个声音

我似乎仍能听见一只鸟在鸣叫

鸣叫声，几近于无

似乎就在窗外的某棵树上跳着

鸣叫，似乎一只鸟活着

便无时无刻不在鸣叫

我得认真思索我的心

为什么一只鸟在夜深人静时叫得声声急切

声声清晰

声声让我为自己的生活感到莫名的担忧

一个渺小的人

需要等到深夜

入睡，听着

刺心的鸟鸣

一辆落满灰尘的电动车

天空落下灰尘
在长久无人骑的
一辆电动车上

电动车在等
那个骑它的人
拂去坐垫上的灰尘

她在遥远的地方
过着她的生活
对这里已了无牵挂

路过电动车的人
希望它站在雨中
或者不是一辆永远等待的电动车

这一个，那一个，同一个

哈喽，我跟保安

打声招呼

我跟同样没有

午休的他

打声招呼

他正用双手撑着自己

昏沉的脑袋

不时揉揉

自己的眼睛

困，困极了。

我想。

哈喽，我跟他

打声招呼

跟另一个

自己觉得自己

很重要的人类

打一声招呼

寂静的午后

时间放慢脚步

我在绕墙散步

一周之后

走进空荡的大厅

哈喽，我跟他

打声招呼

我希望他回应我

给我以支撑

熬过

这寂静的

午休时间

我们是谁

为什么只有我们

两个，仍然醒着

在这溽热的

空荡的午后

感谢语言的引导

砍下的树枝

在枯萎

扔掉的鞋子

在腐朽

经过它们时

绿色的叶子

仍然在绿

鞋带和鞋面

仍然完好

死亡

异常缓慢

缓慢到我们

并未意识到

它们在腐烂

它们

已经被我们

抛弃

初夏（一）

树在风中

生长

飘着黄叶

鸟在雨中

飞翔

翅膀沾着

雨水。我在

雨中，写诗

纸上的字迹

水珠迅速将

它洇散线条

变得模糊

雨滴渐大

我从雨中

往回跑

跑回檐下

无声的雨

打在树叶上

沙沙沙沙

跟着我

追在身后

彩票销售站

树下，散着数张

撕碎的彩票

数张没有中奖的

彩票，散落在

干净的草地上

想象中的数字

没有带来

想象中的生活

数张印着

数字的纸片

准备在风中

各奔东西

彩票销售站

无可置疑

是一个好地方

晚归途中

谁都可以

再一次

花上两元

买一张

口衔香烟

面带笑容的彩票

没有人的公园

地面上有

一个青涩的果子

风从树上

将它吹落

树上有一只鸣蝉

仔细听声音

不止一只在鸣叫

灌木根部隐藏着

空的矿泉水瓶和

蓝色的塑料纸

身后是一张供

途中人休憩的长

椅，柳树的影子

在悄悄移动，随

地球缓缓旋转

公园里静悄悄

每样事物

都保持着它们

与人相遇时那

静止沉默的样子

路遇一盒米饭

无人的地方
人类刚刚离去

一盒米饭
爬满蚂蚁

知道消息的蚂蚁
越来越多

几乎阻碍了
散步的人类的散步

我有一种不祥的预感
离开的人类就要回来

在雨中等车

蚊子无时无刻不在飞

绕着你飞，从脚踝到

脸颊，盘旋犹如

若有若无的空气

阴暗和潮湿无时无刻

不在布置它们的舞台

我无时无刻不在表演

紧盯飞蚊

站在舞台的中央

独白无时无刻不

在怂恿：拍死它

痒无时无刻不在

灵魂感到它在身体上爬行

站在雨中，我右手撑着伞

左肩挎着包，我驱赶沉默

在站台来回踱步

自己与自己抗争

无法承认虚无中一切虚无

天空下着雨

雨中的世界

没有一个观众

但我仍需表演，一个人

站在雨中等车

仿佛意味无穷

夜读或蝉鸣

仔细听
那里只有一只蝉在鸣叫
一会儿声大一会儿声小
一会儿鸣叫一会儿沉默
它在扮演，四只鸣蝉

窗外，刚下过一阵暴雨
我起身，去开窗，让风进来
无缘无故，被它吸引
无缘无故，我盯着窗外的黑
暗，在深夜的窗前，停下来

波光粼粼

波光粼粼

河流不如美女

波光粼粼

河流不如

手中牵着的一条狗

波光粼粼

波光粼粼

苍老的河流

月光下的河流

皱纹深深

它

你不知道那是什么声音

那声音究竟来自何处

你不知道那是什么东西

它尚未被命名

正被一个人类拖着往前走

它与地面间的摩擦

令它发出低沉的吼叫

它一路被拖着说：不，不，不。

它对拖它向前的人类极不信任

它仿佛要挣脱拖它的绳子

它对自己身为某物而感到痛苦

它对自己即将成为某物同样感到痛苦

它极度不配合他，它很小，但重极了

一个年老的乞丐

天色已晚

我们去超市

买大米

超市屋檐下

他正裸露着

上半身

他很老了

我忍不住

多看他两眼

深秋冰冷的

地面上摆着

两个白色空

卤肉盒子

一个绿色空

啤酒瓶

看起来他

刚刚吃过

一顿午餐

或晚餐

但现场

尤其是他

已经不能

自己行动了

给我的感觉

似乎在表演

是死神

在精心布置

这最后一幕

路旁那个真实的世界

停止胡思乱想的间隙
瞥见一只黑色的乌鸫
在左手边的枯叶层里
刨食，叶片飞舞

但悄无声息。我与它
隔着一道低矮的栅栏
一道防止人类
发出声音的绿色栅栏

一只被风吹着向前的塑料袋

一只塑料袋

被风吹着

在路上

翻滚着朝前走

走过的人

喜欢用脚

将它鼓起的肚子

踩瘪，

但它只是静止片

刻，下一阵风来

接着将它吹得鼓胀

起来，在无人承认

它是什么的

路上

向着它的终点

缓缓飘去

空椅子及其世界

树下，无人

一张蓝色椅子

四根不锈钢立柱

又细，又高托着

一个蓝色宝座

它的前方空地上

一只灰褐色喜鹊

蹦跳着，在觅食

它在寻找它的蚂蚁

椅子左边的小路上

一辆四轮平板车

上面放着一个竹筐

装着聚扫起来的落叶

时间是十月，桂花香

笼罩着整个世界

无人，寂静像一个

真实存在的事物

坐在那张蓝色椅子上

等　待

在无人的河边

河水在风的吹拂下

托着一只孤单的野鸭

野鸭几乎静止不动

河水在它身下缓缓流动

它需要集中力量到脚掌

才能稳定地浮在河面上

才能在某个瞬间

发现水波里游动的小鱼

这发现和保持身体稳定

都太难了

需要一个诗人

长久地站在河边

毫无意义地等待

修　路

泥坑已经挖好

正在等待路灯

和树的植入

这是一个挖掘机

挖的泥坑

坑的四壁

留有挖掘机坚硬的爪痕

父亲的铁锹

无法深挖如此坚硬的碎石

泥土

修筑一条路

不是

种植一块地

这曾是一条被夯实的路基

轧路机在其上

轧了数个昼夜

如今再次用力刨将它刨开

挖出土中

拳头

大小的碎石与混凝土碎块
只有机器与机器能够做到
修筑一条美丽的路
需要在路旁种植树和路灯
只要古老的人类略加思考
这个细节就不该被忽略
就需要用轧路机和挖掘机
对大地进行深沉地轧和挖

站　台

空旷的

田野里

北方一个

小小的

火车站台

深秋的

遮雨棚

上方

天空

依旧很蓝

遮雨棚下

混凝土

圆形立柱

洁白

光滑

坚硬

倚靠它在

你离别时

写一首诗

三个外星人

路过桥头

去河边散步

看见三个

外星人

其中一个

正在打电话

三个统一

灰色着装

让你看见

他们也说不出

他们穿着什么

三张几乎

雷同的脸

让你觉得

三个就是一个

你无法区分

具体的某一个

其中一个

在打电话

用的电话

也与我的一样

让我无话可说

他的声音很小

只有嘴唇在动

又好像在说

另一种语言

我只是路过

只是瞄了一眼

就断定他们

是外星人

小雨将路面打湿

小雨将路面打湿

他在雨中漫步

他无惧这样的小雨

一排路灯也是

陪着他将小路走完

回头的路上

他看见路旁

雨中的一辆辆汽车

又不禁为自己

对雨水的无动于衷

而感到难过

午 休

短短

十分钟

我确信

自己

睡着了

当我被

人类的

脚步声

惊醒

我完全

不知

身在何处

是早晨

还是中午

初冬，河面上的野鸭

风中

它眯着的眼

总是

一刻不停地

盯着

我们

它的身体

止不住

被风

吹向岸边

它无根

所以它

不得不

一次次

拒绝

风的善意

划动

它黑色的

小脚掌

努力

将自己

像一个

冰冷之物

牢牢

固定在

河心处

无用的香樟果子

黑色的香樟果

落满了途中道路

候鸟们无法吞食

被我们随意踩踏

光洁饱满的果子

在脚下核肉分离

但它的秘密始终

不向任何人吐露

雨

车灯

将雨丝

照亮

透明的

一条条

管道

好像

有什么

在它的

内部

急速

下滑

世界在一首诗里

沿着

河边走的一只猫

突然

停住脚步

坐下

用它的舌头

梳理

它的皮毛

枝头的那只鸟

不停鸣叫

猫停下后

它仍然不停

站在河边钓鱼的那个男人

没有

转身

看我

他的桶里

空空

没有鱼

只有水

树上爬着

蚂蚁

慢慢爬进

眼中的

黑树洞

置身事物中间

我在

写诗

我知道真实的

世界

只在一首诗里

圆形或正方形

圆形左边

是正方形

圆形右边

也是正方形

按照道理

圆形与正方形

应该手拉手

但圆形属于这一块墙砖

正方形

属于那一块墙砖

墙砖与墙砖

垒成一堵墙

它们只是墙上的一些孔

洞，眼睛

联结墙这边与墙那边的

风的通道

深冬里的清洁工

在青草上清扫
杨树的落叶
柳树的落叶
也飘过来，让他扫

他在如此美丽的公园
做如此干净的事
让人心生愉悦，梅花
盛开，河面平静

雨中，十字路口等红灯

夜色中，我看见
一只甲虫爬上马路
看见一只人类的脚
踩了一下它的后背
它，便停止了爬行

天空下着细雨
我在雨中，往家赶
在十字路口，红灯
让我停下，低头看
见一个巨兽的世界

下雨天的一片枯叶

下雨天的一片枯叶

不能再是一只蝴蝶

或雨中的那只鸟

已无处躲藏

但它仍然挂在栅栏上

像第一次那样等待

等待第二次

被雨水打落

冬日斑鸠

冬天的加拿大
枫树，已经落光叶子
站在无叶的枝头
无人发现你站在那里

但你却突然鸣叫起来
当我从树下走过
这让我抬头望你——
你的鸣叫声多么忧伤

农药在喷洒花枝

今年，沿途月季花的叶子
更加茂盛，花朵少了许多
叶子上的幼虫少了许多
叶子的绿更加纯粹

去年，我曾为幼虫们写过一首诗
盛赞花枝是柔软的花枝
但今年它拒绝赐我诗歌
干净的花枝像钢枝，叶片像钢做的叶片

城市里的坟

在地上画个圆圈
一个烧纸用的坟
一个人埋进土中
我们仍然记着他
消失的地方
一个坟被一条路
铲平，压在身下
但春节仍记着他
团圆仍记着他
所有人到齐之后
唯独少一个他
作为同类，我们
永远不会忘记
他是我们的一部分
死是生的一部分

午休时分

他又行动了
从椅子上站起来
摘下眼镜
悄悄地走出房间
其间，他偷偷
瞄了一眼对面那位
女同事，双眼紧闭
这是一天中，难得的
午休时间，但他
仍无法说服自己
停止劳动，他悄悄地
向室外走去
像被无形的力牵引着
那是一首神秘的
尚未现身的诗歌
正在窗外的世界
等待与他会合

广告牌上的那只猫

一只猫的身上

长着树叶

春天的绿

秋天的黄，都有

它的头顶

开着三朵红花

它是泥土

它的右边

站着一棵

只有树干

褐色的树

没有名字，偏瘦

它的一张猫脸

可以从中间

往两边拉开

像天蓝色的帘幕

它的身体是一片

铁做的广告牌

它的眼睛眼睛

里的眼珠在动

它戴着面具

像游戏中的

一个人类

一条波光粼粼的河流

世上有一条波光粼粼的河流
意味着有一双人的眼睛
在注视着这条河流

这条河流也许不在眼前
但它一定躺在阳光下
全身波光粼粼

看着河流的这双眼睛
也许不是你，是另一双
但你知道他在望着他的河流

那条河流也许你从来没有见过
但凭我对它的描述，波光粼粼
它就必然存在于这世上的某处

奇异的鸟鸣

已经有半个月没有写诗
当我再次听到树上的鸟
在鸣叫，我试着写出
它的鸣叫与往昔的不同
我不知道自己是否能够胜任
我不知道为何有此想法
因为我已如此确信
任何鸟鸣都来自同一个地方

秋天，中间的那棵杏树

三棵相同的杏树，很奇怪，不长可食的杏子
在同一个冬天转向春天时
开相同的桃红色杏花，招引同一群嗡嗡的蜜蜂
但它们毕竟不同，在深秋转向冬天时
中间那一棵率先凋零，另外两棵的叶子仍然乌绿
只有中间这一棵率先忘掉了自己的名字，转身
返回它们自己的那个世界

雷声过后是雷雨

带来暴雨之前
首先带来凉风

一个堆满乌云的天空
一堆关于夏天的记忆

它最终带来暴雨
一条空荡的街道

但它无力带来
雨中真实的世界

在晴朗的室内人
们依旧忙碌不停

流浪汉

有时

在午夜时分

有人

高声嚷嚷着

从窗前走过

将你

从梦里吵醒

醒来后

听那人

渐渐

走远

秋天的幸福与烦恼

你是对的
妻子从医院
发来短信
孩子鼻炎
因花粉引起
正在排队
拿药，勿念

河边的红梅开了

河边的红梅开了
少有一个人
与另一个人
聊天时，告诉他
河边的红梅开了
你会发现它的枝
有数枝
刚被园林工锯掉
所以红梅身上
多了几个新鲜的
棕色断面，然后
你还能看见
蜜蜂从一朵红花
飞进了另一朵红
花，但这些内容
除非你亲眼所见
它们被告知或谈
论显得异常空洞

虫洞，石膏与沥青

我在散步途中停下来

我在一棵树上

看见人们用

石膏与沥青

将树上的虫洞

——填塞

但随着一棵树的

不停生长

虫洞又露了出来

石膏与沥青

正在剥落

九月的桃树

树上的桃子没了

但这并不妨碍

我继续喜爱它

风吹它的桃枝

风吹它的桃叶

茂盛的桃枝桃枝

茂密的桃叶桃叶

让我心生欢喜

我们期待明年

八月再次采摘它

酸中带甜的桃子

写诗的八角金盏

八角金盏

一个诗人

有九个角

它说的八

象征多

不是它的

样貌而是

它的心

钓　鱼

鱼被钓上来了
之后
扔在人行道上
人来人往的人
围着它，
注视——
一条嘴唇破损的青鱼

它的鳃一张一合
眼睛
眨都不眨
盯着我们
所有人看

大头宝宝
钓鱼人夸它
个头大
蹲在一旁整理
被咬断的鱼钩

离开水

就注定要死的

看了两眼后

我便匆匆离开——

一条鱼在悔恨

用喉咙里的牙

咬着它

破损的嘴唇

第二辑 这个书中的夜晚

ZHEGESHUZHONGDEYEWAN

前同事

一辆落满灰尘的汽车
每次路过地下车库
它都提醒我它的主人
已经遗忘了它

它的主人，我的前同事
已经移居另一个城市
他一定生活得很好
他忘记了他的汽车

他的声音仍在走廊里回荡
但已听不清他在说些什么
他的身影仍会出现在眼前
但他已是一个别的什么人

在我们散步归来的途中
他就像从没离开过我们
一样，会突然出现
坐在他那辆空空的汽车里

下雨天的鸟

下雨天的鸟
在雨天觅食
拖着翅膀
在稀疏的林木间走
不像一只鸟

它鸣叫，声音沙哑
不像鸟在鸣叫
它飞翔，飞得
又低又慢

它们成群
站在快要落光叶子的
柳树梢，身上的羽毛
好像不怕雨水浸似的
不像一群鸟

拥有之痛

我不知道

那个被我们踢进河里的足球

此刻，已经漂到哪里了

两天两夜已经过去

第三天午后，我们

决定沿着河岸向东走

去寻找它，我们

感到了丧失之痛

回忆里它是一个好足球

曾带给我们很多快乐

此刻，去河边的路上

我们有两个希望一是

它停靠在岸边某处

被我们轻易就能捡到

它在水面上漂得累了

河面上的风停了，它被

河水偶然带到了岸边

二是它仍漂在河面上

随河水向东漂，丝毫没有

靠岸的想法，我们
远远就看见一个足球
浮在水面上，河面的
风依旧没停，我们
想了很多办法
仍然不能将它打捞上岸
但只要它还在河中漂着
我就感到一阵莫名的轻松
我们的足球仍在那里——
但时间始终在改变我的
想法，在去河边的路上
我逐渐意识到希望渺茫
足球可能已不在我们的
希望中，两天两夜
我们并不知道
一个水中的足球怎么想
看见足球的人类怎么想

雨滴声

雨从高处落下

在高处时

千万条雨

毫无声息

往人间赶

尚不知自己

落脚何处

在快接近地面时

它们遇到了屋脊

树，和窗户上的

挡雨棚，发出

滴滴答答的声响

这声响将我敲醒

从梦中醒来

仔细在雨中倾听

倾听雨

在人类的屋檐下滴答

花间蜂鸟

我希望它们足够小
那样，它们的胃就能足够小

我希望经过它们时
我是隐形的，不被它们看见

冬日的香樟果

只有很少的香樟果
被候鸟吞进腹中
大部分香樟果子
在鸟的啄食下逃匿
噼噼啪啪，弹跳着
像无法回避的雨点
砸在行人的头上
几乎铺满了人行道
像珍贵的黑色珍珠
无法戴在脖子上也
无法消化在肚子里

雨中漫步，想到死亡

如果毛毛雨，一时半会儿
不会弄湿我的衣服——
我就要试着在其中走走
走一会儿，感受它并将它捕捉

又见鸟巢

雨天，看到落光叶子的树上
喜鹊搭建的鹊巢
我便会想起妈妈
说过的一句话：鸟巢
受神的庇护
雨水不可落进其中。
如今，我已年过四十
愈发觉得妈妈说的话
有未加阐明的真理——
雨水是善良的
喜鹊是善良的
老天是善良的
母亲是善良的

潮湿的叶子

清晨，冬雨下了一夜
醒来，静静躺在床上
突然想到一个词语：
潮湿的叶子

刚开始，是树上那些
绿色叶子，鸟在窗外
在它们中跳跃，鸣叫
它们，冬天也不凋零

接着，是一棵树下出现
一堆刚被扫好的枯叶
因饱吸夜间的雨水
叶片表层，闪烁着亮光

最后，是童年的那些落叶
翻开泥土，我就看见
它们面孔灰暗，沉睡多年
已化为一张张淡淡的蛛网

完整性

你说的完整
是否是你见过的世界
那个完美的
世界，你见过它

我也曾见过它
但后来离开了
那是一个完美的世界
它无法完整地存在

在人类的餐桌上

窗外有山

天上有星

厨房里

橙子有酸甜可口的果肉

我们到来之前

一切都准备好了

在窗口

和餐桌上

杀　兔

一个男人

一个女人

在树下配

合剥一只

小白兔

小心

别弄坏它

完整的

皮毛

她的语气

温柔

像给白兔

试穿一件

新衣

开花的花园

花园在深夜被车灯照亮

呀，花园

我们看见

黑暗中正

在盛开的花朵

一闪而过

我们将车停进

车库上楼

忙这忙那

躺在床上

至凌晨

被车灯照亮的花园

仍未熄灭

死　鸟

死掉的鸟，挂在树上
并不落向地面

就像长在了一棵树上
一棵树上长满了死鸟

一个四十岁人眼中的星星

一个四十岁人眼中的星星

有三种可能：

一是它仍在燃烧

独自

悬在宇宙中

燃烧，

无缘无故。

二是它已经燃烧完毕

它的所有

都已化为一道强光

在漫长的

黑暗中

穿越

最后一种可能

它不是星星

它是我

看自己时的眼睛

贝加尔湖里的海绵生物

水的透明度

依靠

水里的海绵生物，

而不是

判断。

水让我们知道

透明的水

是被我们用过

又被多孔

用手掰开呈褐色的海绵生物

净化过的水

干净的水

告诉我

贝加尔湖

长着一种重要的海绵生物

人类的清澈

与它们有关

白玉兰又开了

树上的白玉兰

开了，去年

也是匆匆

路过树下

我为它们

写过一首诗

今年，看见

它们白色的花

我仍想写首诗

无缘无故地

看着一树白花

想写一首诗

给它，给自己

桌子上的绿萝

也许，它有尾巴

一根从桌面

垂到地面的长藤

有耳朵，藏在

根部的泥土中

倾听我们的交谈

它还会写诗

当我凝视它

我感到是它在写

握着我的手在写

我们最终

陷入沉默

盯着一盆绿萝

我并不认识它

灰喜鹊

灰喜鹊，在浓密的枝叶间

隐藏，已足够隐蔽

但见我走近仍旧飞走了

它有一颗害怕人类走近的心

它在树林里跳跃，寻觅

从一棵树到另一棵树

就像我小时候那样渴望找到

被人类或神遗弃的小东西

教　养

植物开花是一种

将花比喻成

小喇叭是一种

制造一个小喇叭是一种

吹奏一个小喇叭是一种

欣赏音乐

听见自己

吹奏是一种

寂静的午后

白色的栅栏

在河水

深处

变成一排窗户

栅栏上

空气流通的

栏杆间

被装上

一块块

透明的玻璃

但仍旧无人

栅栏边无人

窗户后面

也没有人

那棵树

那是一棵印象中的树
风吹着它的叶子
绿色的叶子
闪着白光

我知道那是它的叶子
不是太阳的光
那就是绿色的叶子
不是白色叶子

它站在一个山冈上
高出周围的事物
它是一棵树
但不知它是一棵什么树

我知道我曾在它的附近
站在风中望着它
我知道那个人就是我
我已离他很远

所有的词都在完成自己

所有的词语

在人的世界

都在完成一件作品

带着一种善意

哪怕只剩半边翅膀

它也在讲述

一只完整的小鸟

在哀怜的目光里

上帝为什么植树

如果有一天
树叶不再凋零
我们像上帝一样
种植一棵棵假树

午休时的清洁工
该在树下清扫什么
我们又该面对何物
倾诉心中的痛苦

不用回头，我的兄弟

不用回头

我知道是洒水车

我的好兄弟

而不是一头大象

用它的长鼻子

在喷洒街道

我知道那其实不

是一辆洒水车

是我的一个瘦兄弟

正坐在它的脑袋里

驾驶它

沿街洒水

空荡的午后

犹如梦境

沿途的花

开得五颜六色

沿途有彩虹

不停显现

不用回头，我的兄弟

这空荡的街道

需要我们，需要两个瘦瘦的男人

为它工作

两只鹧鸪

雨天，它们仍在雨中

觅食，如果一条路

我们可以绕道而行

就请让它空着

两只雨天的鸟

比人更需要它

路面清洁无物

这是人之所见

它们以何为食

我们并不清楚

车来车往

从马路左边

飞到马路右边

它们在人的世界里飞

始终让我绷紧心弦

它们会被汽车

撞死在马路上

它们飞得太低了

它们被定义为鸟

为什么叫鸟，不知道

如果看着它们

人类丝毫不觉得快乐

它们存在的意义

又是什么呢

早晨，在遥远的海边

走在一层松软的沙上

感觉那么真实像走在

一个遥远的海边

离故乡不远的海边

我在回忆中走着

脚下的沙滩

突然变得异常坚硬

渐渐地与石子、水泥

一起凝固成一块石头

醒来，走在坚硬的

混凝土楼梯上

沙滩消失不见

大海退回脑海深处

坚硬的楼梯

也是一个多年之后的回忆

所有的回忆

都是那个人

那个曾经落满灰尘的楼梯

某个不存在的画面

一个事实

事实上，

我对一只鸟的理解

远不及一只鸟

在草丛间

它的跳跃

和鸣叫

那么富有诗意

我们从草丛边

匆匆路过

只是匆匆

一瞥

我们爱一只鸟

但远不及

一片草丛

那么爱它

吹　风

在梦中吹风

在梦中，一块草坪上

与一个七岁男孩，一起吹风

风很温柔，吹过草尖

吹过我们的梦境

有鸟在树上鸣叫

有蚂蚁在草丛间爬行

孩子用树叶在草坪上

做一张床。

我们两个，蹲在风中

彼此互不相识。

我知道我们是同一个

人，同一个不可能的人

一个人的七岁

和三十七岁吹着同一阵风

混　乱

八月，是混乱的。
这从他的诗中可以看到
他的身影，在一件事中
忙碌不停。没有一首诗
称得上结构完整。试着
读了几首，必须修改。
一个人对自己的内心
几乎没有记录。

初夏（二）

失而复得

走在

雨后雨水洗

过的世界里

乌云消失

陆地没有在

雨中

沉沦

明亮的水滴

不时从枝头

滴落

久违的凉意

在额头

手臂上

游走

世界在苏醒

我观察它

沿途的水洼

因为雨水

复又睁眼看

见人的身影

夏天，空调房

热浪，在一扇门后面
聚集，另一个世界
当我身处其中——
真实并非空调所述

感受，必须能够感受
一个词的反义——
在真实中感知虚假
在快乐中感到痛苦

对真理的理解

曲线，是事物走向
真理的，必经之途
所以人的身体
一棵路边的树
它们的侧面
总让我着迷

事物在认识中
不断完善自己——
当一个圆成熟
它就会从人的脑袋
想象中脱落——
来到真实的世界

香樟果

我的忧伤

可来自熟透的香樟果？

紫色的香樟果熟了

却无法喂养天空的飞鸟

它们曾是这个世界美丽的饰物

我曾给我的孩子比喻

它们是青色的水滴

阳光照耀着树上的它们

给我喜悦与希望

但现在它熟了

成串地从一棵树上脱落

像完整的我们

突然少了一部分

爱在太阳照耀大地的时刻

太阳照着我，在太阳下生长
太阳照着绿色的叶子，日复一日

阳光下，绿色的叶子
谁种植了它们，假人类之手

仰望太阳，除去光线
我对那个圆一无所知

除去爱，在空气中弥漫
我并不清楚光线到底是什么

去室外散步

几乎每个中午

我都有一个愿望

下楼去室外走走

看看那些面孔相异的事物

途中我永远会与另一个人

挥手，打声招呼

他是单位的保安

永远坐在收发室的窗口

坐着那张命运一样结实

固定黏着他屁股的椅子

一楼电梯入口旁

右手边的小房间里

他终日面对我们坐着

他被我们安放在那里

坐着那张黑色的椅子

我知道他与我一样

也有一颗渴望到室外走一走的忧伤之心

路，仅是形式

雨，突然下大
我们原路返回
但原路返回
已不可能绕着花园走

我们钻进就近的车库
沿着车库昏暗的连廊
朝前走，暴雨中
心，有一种寂静之美

加固河堤的挖掘机

河边的挖掘机
让我想到青年时代的父亲
它们在挖土
将土从土中挖出
在土中挖出一条又长又深的坑道
供人类在窄窄的坑道中施工
或者，它们将一根根长长的
涂满黑色沥青的松木
在人的牵引下
用它们刨土的铁铲子
将松木用力压进岸边的淤泥里
加固一条每到夏天就危险的河流
它们埋头干着手头的活，尽管
它们从不咳嗽
也不会突然没有力气
但它们仍然让我想起青年时代的
父亲，一身蛮力，像极了陷在泥
水中举步维艰的父亲
在一条河的岸边，在记忆中

我们家那块栽种棉花的泥地里
他和母亲艰难地挖掘着……
今年的雨季已过，危险的汛期
已过，但挖掘机仍在劳作埋头
劳作，提防下一个雨季的到来

蝉鸣之内

蝉鸣响在树梢

但很少有人真正听见它

有人在一只蝉展翅之前

已将泥蝉吞进腹中

有人在盛夏的烈日中

躺在空调房里

做一个黑色的怪梦

更多人溺于各种事情

无法从中抽思而出

他独自走在轻风拂面的林间

像一个无情的造物

这个书中的夜晚

有一个瞬间，这个夜晚让我感知
时间早已过去，但我仍在其中停留
它在一本书里，正被人类重新阅读
居民感染了病毒，他们的房子被封
被监视，就像故事里讲述的那样
值班警察或志愿者们日夜守在窗外
坐在那棵灯光昏暗的树下，严禁人们
四处走动，从楼上的窗口望向他们
他们孤独、恐惧，和病毒感染者无异
心怀不安，枯燥地等待接替者前来
夜晚过于漫长，像被写好的历史……

邻 居

洗衣服的人
忘了收他的衣服
我们的邻居
忘了将他晾干的衣服
收进房子
天已经黑了，他的衣服
还在风中飘荡

六十多岁的他
父母都已不在人世
单身的他
不知今天去了何处

他经常拿着一个酒瓶
我们眼中的一个醉鬼
天已经黑透了
醉鬼今天在哪里

月亮慢慢升起来了

他的那件衣服

像没有名字的事物

在窗口飘荡

吹萨克斯的那个人

有人在岸边的广场上
吹着忧伤的萨克斯
仔细听，像在怀念
往昔的那些好日子

忧伤的曲调让我联想到
那些送葬人吹的萨克斯
快乐中总有一种忧伤
总有一个人类已经死去

站在新修的大坝上

去年这个地方

上面站着树

没有月光的夜晚

树林里住着鬼

去年这个时候

河水暴涨漫上河岸

我们感到害怕

河神正在发怒

雪

没有融化的积雪

堆在马路边

像许多其他事物一样

尽管雪堆边缘处

已经化为清水

但它仍拥有那个形象

和它最核心的语言

它仍洁白得像灵魂

种　子

枝头的果子红了

是春天还是冬天

红红的果子挂在枝头

总之不是秋天

秋天已将它的果子摘走

遗留下来的红果

被排除在果实之外——

这些红果拥有自己的名

它们是不朽的种子

黑果子在干什么

树上缀满黑色的果子
不好吃，但好看
令我驻足的事物
正全身闪着光泽

黑果子挂在树上反思
它与橘子的区别
反思一个高贵的人
与其他动物的区别

好的世界

世界美好
但不必一切在手

静观一簇白花
它的美好远胜花容

永远是中午

永远是中午
她站在路边
等人。她站在
药店门口的那条马路边

永远是中午
我看见铁质窨井盖的孔
从它的孔里
看见它的厚度
猜测它，异常沉重

永远是中午
别人在午休
我在散步的途中写诗
想着，我的一生
没有早晨，也没有夜晚
只有一个不断绵延的中午

毛毛细雨是什么

毛毛细雨，已被证明
是来自人间的水，但今天
它来自一个雨中散步的人
它是毛毛细雨，名字早已
耳熟能详，但为什么叫雨
鲜有人说得清楚，此刻
它从天上落下，难免
让我浮想联翩——
它真实的名叫什么，似乎
可以悬置不问，它浇灌
土里的绿植和诗人的心灵
不可能是别的什么东西
只能是唯一的它

一生，或瞬间

有一天，我
突然发现
红色的树在蜕皮
具体哪一天，我忘了

事实上，人不需要
完整的一生
有那么几个瞬间
就足够了

被口罩与帽子遮住的脸颊

那是一张面孔

但怎么看

都不像一个人的头部

最终，我辨认出

那是一张戴着口罩的

侧脸

口罩上方是脸颊

但脸颊上部

又被戴着的帽子

遮住了一些

所以

对于刚从山上

下来的我

公交车里的这张脸

就像一个谜

让我茫然地盯着它

留下浓浓烟味的人类

路上刚刚走过一个人

浓浓的烟味

呛得我鼻子发麻

有时，人类

在途中留下的味道

如果从一个动物

角度，评价

真是愚蠢至极

诗是火焰

离别前夜，我们围着诗歌

接着被晚餐终止的话题继续谈论

诗是什么，是另一半

是围绕在事物周围那虚无的部分

是词语照亮的沉默面孔

是心看见的完整之物

我们小心翼翼谈论它

像围着火焰，渴望靠近，但又不能太近

拒绝死亡，却又渴望被它吞噬，与它融为一体

蓝色的瓶子插着橙色的花

橙色的花朵，他首选橙色
从它细长的茎秆上，欣然下垂
在他尚不知死亡为何的年龄
他便熟悉花朵枯萎的样貌
但他给它们阳光，光照在
那些花朵上，生与死同在
为此，他年青的父亲认为
插花用的花瓶被涂成蓝色
也是一种必然。在一个人尚
不知忧伤为何的年龄
他只拥有绘画的快乐。蓝色
化身无可替代的一只瓶子
装着数枝脑袋耷拉的火焰

如何深究自己

人在焦虑中只能对着事物
说一些焦虑的话。无法对着
焦虑说话。他无法面对无
只有当他平静，无才会向他靠近
无没有语言。它只像一片草原
或一声鸟鸣那样，让他有所觉察
事物的表象并非它们的本质
人的本质在于他如何深究自己

小鸟是一颗心脏

一只鸟站在枝头鸣叫
鸣叫声让我确信
它在叶子深处
但看见它很难

浓密的叶子
只让我看见树的身体
而不是一只小鸟
它那颗鸣叫着的心脏

尾　巴

我们的尾巴

曾经是我们的一部分

与身体连在一起

能够做出各种表情

但现在它与身体分离了

它隐藏了自己

变得透明

没有表情地跟在我们身后

冬天的草

叶子，困于霜冻

萎靡不振

但它的根部

仍保持着一点绿

那是它的全部

火种

当春天来临

它会再次燃烧起来

第三辑　吹着口哨的人类

CHUIZHEKOUSHAODERENLEI

香樟树

树上的黑果子

噼噼啪啪落在地上

在无人的时候

它们发出与地面撞击的声音

喜鹊在枝头

用嘴将它们无法吞咽的

黑果子啄下来

但这一切仅在无人时发生

一旦有人走近这棵树

它便看起来什么事也没有发生过

盛夏一瞥

草在腐烂

我闻到它在腐烂的气味

转身去寻找

在青草丛中

在烈日下我

发现一个黑色的草垛

正在凹陷

凭着本能

它在缩小

黑色正附着其上

有生命的一种黑

正在吞噬被称为

草的那些东西

吹着口哨的人类

有人在身后

吹着口哨

那是一首

年少时

我经常

跟着哼唱的歌

如今

它的歌词

我已忘却

只剩下优美的旋律

他吹着口哨

若无其事地

走在我的身后

并不知道

我在听

我们俩

两个人

一前一后

在阴暗的地下走廊里

在口哨声中

朝前走

昆虫鸣

它们在鸣叫
一只黑鸟静立树下
如果它们不鸣叫
黑鸟很难发现它们

如果昆虫不鸣叫
路过的我们
便始终无法停下
发现掉队的那个人

什么从窗前一闪而过

我们正低着头，吃着盘中的午餐

它从窗外一闪而过

是一只昂首挺胸的斑鸠

我与它之间隔着一层镀膜玻璃

允许我们从餐厅这一边看见它

反之，什么也看不见，世界静悄悄

无人存在，也许，只是那么一瞬

我便记住：一只昂首挺胸的斑鸠

在窗外空荡的平台上从容地踱步

它并不急于起飞

是什么让我看见了这幅画面

源自内心对它的怜悯

似乎没有任何根据，也无必要

是一个对现实有讽刺意味的词语

它在平台上昂首挺胸的形象

它对世界那种无端的信任

让我对它无端渴慕

在我记忆最初的模糊阶段

无疑，我也曾拥有这种已经失去的信任

是信任在展现一个形象：昂首挺胸

是什么从窗前一闪而过

哦，是一只斑鸠，是那个世界

从我的窗前一闪而过

很多个中午

有很多个中午
我没有下楼散步
世界根本不存在
它只存在于我的脑海里

我感觉不到拥挤与沉重
相反，我感觉到空
当我再次走在路上
我感到岁月已悄然流逝

江 南

没有一辆奔往江南的马车
没有。只有一辆辆开往
南京、苏州、张家港
和太仓的汽车，在那里
在大江的南边
你会一一遇见它——
小桥流水、粉墙黛瓦
所有都是，但所有
都不是那一个

观一只搭巢的斑鸠有感

它，对地上的枯枝
挑挑拣拣，并不感到匮乏

我也曾经是它
在我拥有一个新世界之前

坚硬的种子

吞下去的

种子

被完整地拉了出来

这是数粒

没有果肉的种子

无比坚硬

我不知道

一只飞鸟

吞下它们时

在想些什么

家族史

夜晚

我们围着一盏灯

生活

或者一只母猪

我们从一盏灯那里

借来光

阅读

改变命运

从一只善良的猪那里

品尝到穷苦岁月里的

美味

黑暗中

我们兄弟围坐餐桌

从猪和灯那里

知晓最初的正义

十　月

十月，青草的种子
刚刚发芽，像早春
鹅黄色在枝头
化身秋天的桂花

十月，声音消失了
仅剩下一些画面
在一个记忆的世界
每一天都在变冷

地下室

再次写到它

在它内部

转圈，外面的

世界在下雨

房子在雨中

耸立，我们

在房子里散步

其间，停下

期待雨也停下

但直到返回

各自的房间

雨也没有停

雨在雨中寻找

失踪的我们

八月桂花香

香气浓郁
我知道，这香气
才是真正的桂花
那盛开即刻
又凋零在地
被清洁工扫走的
黄色粉末
只是尸体，是
年复一年的凋零
让我记住了
八月桂花香

情归何处

深秋，面对一株
盛开桃花的桃树
既不相信也不怀疑

它是不是一株桃树
看见它，不再凝视它
遇见它，我匆匆路过

一棵深秋开花的桃树
喜悦，不属于它
也不属于一个人

树　叶

绿色的叶子

长在树上

黄色的叶子

铺在路上

更多的五颜

六色的叶子

埋在土中

没有秋冬

也不被我们看见

永恒的晴天

又一次来到地下室

散步，阴沉的天空

我们在它里面转圈

一次降雨到另一次降雨

中间，我们在房子里

坐了多久？

可曾对永恒的晴天充满热爱？

下雨让我感受到屋顶

耸立在雨中，而不是我们

坐在石头中间

当他坐在

石头中间

他区别于一棵野草

当他穿梭

于人群中

他区别于一头棕熊

而夜晚来临

他是丈夫，是父亲

是灯下读书的人类

偶尔，他抬头

他是夜空里的一颗星星

旋转在黑暗与寂静之中

红 灯

只要活着
你就走在路上
只要走在路上
你就会遇上红灯

遇见红灯
你会自然停下
美好的事情
人类让它时刻发生

教鸟识字

人不能听懂

一只鸟的鸣叫

听懂之后

他会更加骄傲

他会知道更多

教鸟识字

告诉它们

事物是什么

河 水

那些无法在水中

溶解的人类

垃圾，在河流底部

淤积，河水要像

人类看上去那样

清澈，它就

必须拒绝人类

油污与尘埃

与人类划清界限

那棵没有名字的树

一种苦味在空气中弥漫

来自一棵树的叶子

被揉碎。

来自我的记忆

我的童年

在无人的小树林里

与它在一起的日子。

叶子已经碎裂。

苦味弥漫

苦味

让我四处张望

寻找

那棵可能会出现的树。

铁栅栏与河流的区别

无需判断

只需睁眼看

便能在河水中看见

世界柔和的倒影

但铁栅栏不同

它就是世界

不允许

我们望着它的倒影做梦

红色的野果

红色的野果

我们必曾采它充饥

而它必曾苦涩

如今它挂在初冬的枝头

野生的候鸟

吞下它

又将它吐出——

它们那么美丽但

并不为祈祷所感动

阴天里

阴天，洒水车
洒水，这是工作

而我，沿着河岸
写诗，同样荒诞

清洁工

白天，我们听不见
那刺心的噪声
铁锹铲着地面
似要将水泥路面铲坏
将没有扔进垃圾桶的
垃圾，铲进他的车厢
只有每天凌晨
我们才会听见
嘀咕着他故意用铁锹
将我们吵醒
要将水泥路面铲坏

往 事

当我回忆它是什么

它是我童年的父亲

年轻的厂长父亲

不善应酬

有年冬天，特别冷

骑自行车的他

喝醉了

在子夜

摸黑回到家中

说是敲门

只是推了一下门

趴在门槛上就睡着了

衣衫上全是污物

我至今仍记得

煤油灯下

沉默的母亲

用温水

给父亲擦拭的情形

时间流逝得太快

有许多辛酸的往事

已逐渐被我淡忘

晚　归

摸黑

沿楼梯

向上走

心里

怀着

一首诗

熟悉的

台阶

黑暗

攀登

害怕

踩空

五只鹿

五只鹿
背对我们
为什么背对我们
雕塑者
背对我们在劳作

五只鹿
面朝我们
耸立的高楼
高楼里
一扇忧伤的窗户

五只鹿
为什么从森林里来
为什么是五只
同时又是死的
白色大理石

大　海

坐着一辆

空荡的公交

下班回家

她说：一座大海

凝视小雏菊

花瓣上的

一颗水滴

她又说：一汪大海

不是章鱼

也不是一块陆地

她说的大海

像一块沉重的石头

下班时分

走出门外

走下楼梯

天已经黑了

走进黑暗中

想到下午

六岁的儿子

约我

晚上和他一起去游泳

天上有星星

走在星光下

想到回家

走在回家的路上

向蓝色的

游泳馆走去

晚归途中的中年男人

熟睡的人

从梦中

惊醒

仍在途中

刚刚

他记得

他曾努力

使自己

保持清醒

努力

抵制

他的脑袋

歪向

邻座的

女学生

初　冬

下班

下楼

已是初冬

天空

没有太阳

月亮

像某个熟悉的事物

突然

出现

精神病

面对这个词，我意识模糊

我能大体理解最后一个字的意思

疼痛是一种病，流血是一种病

眩晕和腐烂都是病

但前面两个字

精神是什么呢

精神生病是什么样子呢

我是说，除去极少数的医生

知道精神是什么

大部分人，只知道身体

人就是那个司机

雾中

一个司机

将车

开上

一条窄路

见到他时

他在倒车

道路

太窄

司机

异常艰难

紧紧握住

方向盘

我在离他

不远的

雾中

停下

等他慢慢

掉头

大雾之中
人类就是
这个司机
在一条
窄路上
倒车
就是生活

我　们

将光投向
某物
不是为了
在光中
将其囚禁
而应将它
置入一个
美的世界

界　限

有时，你会看见

看着他的神情

你和他

明明是两个人

却拥有同一种

人的痛苦

他抓住糖果，将它们

占为己有

然后，仔细端详

它们

美丽的包装纸

那么小的年纪

那么爱吃糖果

却因为喉咙过敏

而不得不远离糖

但他顽强的记忆

坚持告诉他

他曾逾越过界限

尝过糖的滋味

卖煤人

卸完煤球之后

他将留在车沿上的碎渣

用戴着手套的手

一点一点抹下来

抹进车斗里

白色的纱布手套

逐渐变得乌黑

但他并不在乎

那黑乎乎的东西

是从煤球身上

脱落下来的煤屑

他收集它们

要制成一个新的煤球

我希望

我希望枝头的叶子
在冬天按时落下
露出树顶的蓝天
让我知道春生冬枯

我希望枝头的鹊巢
仍有喜鹊居住
它们应该仍在里面
鹊巢并没破败

我希望真实的事情
永远真实地发生下去
我又看见了瘸腿先生
他仍能推着小车干活

不洁之路

我们在林中

修筑一条小路

供人类散步

这条路因此

经常带着鸟粪

被我戏称为

一条不洁之路

沿着盲道朝前走

闭眼

沿着盲道

行走

不到五步

就会走偏

再睁眼

调整方向

继续

沿着盲道

闭眼

朝前走

河里的鱼

呼吸的鱼

在水面下

相遇

也不说话

它们没有

人的语言

它们只是

张嘴

吸水

吐水

不会弄出

一<u>丝</u>

涟漪

它们

静止一般

侧身

滑过

像没有

看见对方

一样
使水面
永远
保持
水面般
平静

逃　避

有一个人在
楼梯另一侧
说话，声音
像一个女的
很可能是
我讨厌的
那位女同事
我想原路
返回，但我
已经看见她
她向我走来
一位穿着
黑色风衣的
陌生女人
她仍在说话
但已离我
越来越远
唉，人与人
声音太像了

199

我太容易

被声音迷惑

红灯只是一个逗号

遇见红灯

然后，遇见自己

盯着脚看

脚下是路

然后，路才延伸

让我们跟随

并且告诉我

红灯只是一个逗号

终点才是我们

要去的地方

一个神秘的句子

深冬，仍有蜜蜂
飞舞在枇杷树上采蜜

枇杷花陌生的香气
吸引我停下脚步

蜜蜂，枇杷花
寒冷中浮现着的两个词

正在写着神秘的句子：
蜜蜂将它的屁股露在花朵外面

万有引力的秘密

喜鹊轻松跃上枝头

它轻松一跃

在我的散步途中

某个瞬间它脱离了地球引力

地球引力是后来的事

它本属于地球的秘密

不幸被我聆听，得知

所以人是永远遭受惩罚的人

人类身上长满青草

那个人为什么要读那么多书
总有一天，他会全部遗忘
那个人为什么要到处走走
总有一天，他会停下脚步
那个活着的人为什么不停说话
与另一个活着的人彻夜探讨
灵魂与上帝的有无
总有一天，他们都会闭嘴
身上长满青青的野草

透明人

一个人在做出一个决定时
他一生中最重要的决定
他决定为此决定
服务，工作，生活，度过下半生时，
是否有一个透明人
附在他的耳边
轻声低语——
让他做一个好人

冬天里的鸟

树上没有鸟

鸟在它们自己的世界里

栖息。天气太冷

连太阳都想离人类而去

偶尔有一声鸟鸣

看不到鸟的身影

那是饥饿在发出鸣叫

又细又尖，像一架机器

因缺少油的润滑

而发出它艰难的摩擦声

词与物

一块瓷砖与另一块

瓷砖，连成一片

一个词与另一个词

连在一起，一个词

紧紧贴在瓷砖上

已无人能够将它

从瓷砖表面剥离

除非这块瓷砖碎成

粉末，碎成粉末

也没有用，我们的

精神已浸入瓷砖

内部，我们会说

瞧，这是瓷砖的碎末

一棵枇杷树就是一首诗

院墙内

冬天的

枇杷在开花

如果它

不被人类

砍掉

枇杷两个字

不被

禁用

那么，不久之后

它将长出

黄色的枇杷

酸甜可口

那么

隔着院墙

一棵枇杷树

或一首诗

也能被看见

和理解

雨与语

天空下着雨
窗户里
我们在散步

我们在散步
窗户里
天空在下雨

我们在雨中
散步，但雨
并不打在身上

语言不可能
让我们淋到
真正的雨水

摄影师的心

一棵树

刚好长成

心的形状

被摄影师

所抓拍

放到路边

橱窗里

向路人

做展览

路过的人

都怀疑

那是一颗

真实的心

气球在炸裂

孩子们走后

我们迎来

气球被刺破的声音

啪，啪，啪

气球一个接一个

被店员们刺破

声音惊动了正在读书的我

安静的房间

仿佛数颗心

在炸裂

第一次回头

我并不明白

发生了什么

第二次

我刚想回头

突然想起刚刚离去的那群孩子

快乐的一群孩子

他们选择在这个雨天的夜晚

来这里

一个小小的咖啡店

庆祝

一个学期

终于

结束

意识到

是庆祝的气球

在另一个房间炸裂

意识到啪，啪，啪

有限的庆祝之声

终将停止

我又渐渐沉入夜晚的流逝之中

一个声音

人的一生都属于寂静

在寂静里说话

在寂静的白纸上

写下可以诵读的诗歌

在寂静里走路

走在寂静的山路上

说着寂静想说的话

先是名词，后是形容词

直到一个声音

彻底消失在遥远的途中

爱

爱，人有时会理解这个字的意思

当他听着窗外的冷雨滴在彩钢板雨棚上

夜渐渐深了，大多数人已经入睡

天地间只有沉默在诉说

爱是一场穿越雨水的旅行

是一场回忆，与另一个梦中人一起

玫瑰就是玫瑰

必须确认

玫瑰就是玫瑰

这样我们才能

采摘一朵玫瑰

必须确认

玫瑰不是玫瑰

这样我们才能

谈论爱情

什么是爱

如果我们知道

它的叶子，它的花，它的躯干

是绿的，是香的，是光滑的

只是为了让我们

看一看，闻一闻，抱一抱

我们会作何感想？

如果我们知道，它就是我们

我们的叶子，我们的花，我们的躯干

你该如何理解自己的行为？

这行为就是爱

是否只是一个幻觉

很奇怪，倒在地上的自行车
总让我产生扶起它的想法
但我并没有被这个想法所支配
我最终从它身边走过就像它不存在
我知道它并非一个真实的想法
现实之人很少被这个想法所支配
很少被一辆自行车所支配
我知道道德是一个很难克服的幻觉

河流的纯粹性

如果世上尚有一件事值得称道
那么，河流的纯粹性就是一件
你思考一条河流，围绕它言说
它是语言之核，那个物质对象
它的真实性无可置疑，它就在
眼前，所有的话语都从它流出
语言使它保持着纯粹的河流形象

诗歌让我如坐针尖

想到好久没有写诗

想到诗的缺席，我在诗中的缺席

白纸让我难以忍受，空白是什么意思

无非是埋首于另一份谋生的工作

肉体沉重而心灵一无所获

诗歌无处不在，假设这个理论成立

但我无暇顾及，我在数不清的事情中忙碌

像一只辛勤的蜜蜂那样被赞颂——热爱奉献

我在花间忙碌，而我根本就不知道它们是花朵

从母亲那里习得的

一个人，不可能生下

就身处果园之中

一定是他的妈妈

告诉他：那物是苹果

然后，他才凭借自己的摸索

认识一棵苹果树

起初的苹果树和苹果

与妈妈没有区别

直到后来，他独自闯荡多年

才逐渐将苹果和苹果树

与他的妈妈区分开来

但他最初的眼神依旧没变

当他注视水果摊上的

苹果、梨、草莓和枇杷

那仍是一种无区别的爱意

语言中的事物

它们只是一半的事物

没有眼睛看见它们

没有耳朵去倾听

只凭记忆或印象

被描述：颜色、气味和声音

它们是一个没有身体的怪物

是我的一个梦罢了

它们站在世界某处

却只能被我的语言进行描述

鸣蝉与沉默之人

如果鸣蝉不死

它与我就没有关系

它鸣叫而我沉默

它的一生短暂数日

我的一生漫漫数年

蝴　蝶

蝴蝶，有人对着墙上的图案
这样称呼它，这意味着
我们在某处见过它
并且曾被告知它的名

但我反对如此认识蝴蝶
它栖息于某处，看似一静物
但它仍在扇动翅膀，呼吸
它在我们转头的瞬间已经消失不见